을숙도에 가면 보금자리가 있을까

을숙도에 가면 보금자리가 있을까

박이도 시집

문학동네

## 自序

　　새가 주제이다.

　　새가 상징하는 것들, 자유, 孤高, 영원, 희망, 미래, 비전
등의 이미지가 항상 내 마음속에 살아 있다. 詩心의 활
력소가 되기도 한다.

　　시의 요체는 내용이 아니라 표현이라는 인식이 새삼
강하게 작용한다. 사물에 대한 찰나적인 직관, 그것을 어
떻게 표현할 것인가. 즉 언어화하는 과정에서 어휘가 지
닌 낱낱의 의미를 작품 속에서 어떻게 感性的으로 유기
화할 수 있는가의 문제가 최대의 관심사였다.

　　「바다 갈매기」 연작 등 일곱 편은 전의 시집에서 재
수록한 것이다. 한국 민담 속에서 이끌어낸 작품을 몇
편 더 지을 작정이다.

2000년 봄

朴利道

# 차례

自序

## 1부

시간을 펼쳐 보니 · 11

보리밭에는 · 12

갈대밭 철새밭 · 14

기러기 가족 · 15

기러기 · 16

장끼타령 · 17

피 뽑는 들에서 · 18

제비 날으는 언덕 · 20

제비 · 21

포릉포릉 멧새가 날아와 · 22

집오리 · 23

딱따구리 · 24

검둥독수리 · 26

독수리 · 28

참새 · 30

겨울 참새 · 31

흑비둘기 · 32

까치집 · 34

까치 소리 · 36

황조롱이 만세 · 38

東江 비오리 · 40

두루미 가듯 · 42

## 2부

점례가 따라간 찌르레기 · 47

바람둥이 굴뚝새 · 48

꽁지 있나 봐 · 50

자유의 노래 꾀꼴 · 52

참새야 벼이삭 따지 마라 · 54

까투린 궁합도 안 보네 · 56

바다 갈매기 1 · 59

바다 갈매기 2 · 60

바다 갈매기 3 · 62

바다 갈매기 4 · 64

뻐국, 뻑 버꾹 · 65

꿈꾸는 파랑새 · 66

타조를 보면 · 68

神은 알고 계실까 · 70

황망히 사라지는 노을빛에 · 72

뜸부기 울면 · 74

회상의 숲 · 76

乙淑島에 가면 보금자리가 있을까 · 77

세월을 꿈꾸는 · 78

새소리 尹茂夫 · 79

得音 · 80

푸새에 새집을 짓고 · 82

들길로 나아가는 수레를 타고 · 84


해설 | 문혜원  신을 향한 날갯짓 · 85

1부

# 시간을 펼쳐 보니


허물어지는 것들이 보인다
겨울 하늘
허옇게 부서져
太古처럼 손닿지 않는 정다움
뻗어가는 人情의 끄트머리에
티끌로 날리는 夕陽이 보인다

城砦가 무너지고
山이 떠밀리는
생생한 그림이 펼쳐진다
철새가 날고
뒤로 달리는 시간이
불빛처럼 번쩍인다
밝은 날빛을 밀어내고
완강한 어둠의 병사가 다가와

드디어 기침하는 내 영혼
잊혀졌던 시간이 보인다
무너진 허공으로
철새처럼 돌아오는 영혼……

# 보리밭에는

보리밭에는 푸름이 솟고
아지랑이가 흘러
종다리가 모여드는가

우리 고향산천에 봄이 왔구나
냉이 캐러 나서고
빨래터에 모이는
아낙네들 치맛자락에 실바람이 드는가

보리밭 이랑이랑
숨어 놀던 종다리는
삐릿— 삐릿, 삐르르
삐릿— 삐릿, 삐르르

하늘로 치솟아올라 노고지리*가 되고
우리는 먼산 넘어가는
조각구름만 바라보다
배가 고파 주저앉았다

쌉죽새야 쌉죽새야

웃는 거냐 우는 거냐
나는 모르겠네
서울 간 님이 언제 올지
나는 모르겠네

* 노고지리, 꺕죽새 등은 종다리의 또다른 이름.

# 갈대밭 철새밭

갈대숲에선
먼 파도 소리가 난다
허옇게 날리는 갈꽃들이
철새들의 깃털처럼 아름답다
얼지 않는 늪에
철새들이 내린다
잿빛 하늘을 헤집고
저마다의 날개, 스카프를 날리며
떠나온 시간을 접는다

여기는 뻘밭
나는 文明의 나라를 떠나온
나그네
지난해 두고 간 기러기 울음을
다시 채록한다
갈대밭 철새밭
숲은 하나가 되어
조용히 목놓아 울고
무엇인가 간절한 悲願의
고운 노을이 비껴선다

# 기러기 가족

날아도 날아도
옆으로만 비껴가는 관악산 위의 파도
끼룩끼룩 기러기 가족이 떴다

술술이 서고, 나란히 서며
행선지는 北, 제 고향으로 간다
들을 건너 산을 넘고
거기 호수에 내려
먹이도 찾는가
그림자가 없는 기러기는
끝내 투명한 소리로 합창한다

가자 날자
번지 없는 고향
지상의 가장 은밀한 낙원으로 가자
끼룩끼룩 기러기 가족

# 기러기


허망한 실종이다
원색의 하늘 속
기러기 간다

끼룩끼룩 흐느끼며
얼어붙은 하늘 끝으로 간다
뒤뚱거리는 화살표 그으며
북으로 간다
거기 황홀한 세계
천년의 역사가 보이는가
지상은 어둡고
지상은 춥고
엽서 한 장이 불타고 있다

황망히 떠나간 기러기
외로움이 어둠 속에 잠긴다
깊은 늪 속으로
흐느적인다

# 장끼타령

장꿩 당꿩
산야에 퍼지는 울음은
문득 설레는 긴장
의관인 양
도가머리 수려하나
겁쟁이 장끼 한 마리
한 주먹 솔다발에
머리 처박고
하늘을 가리는가

어디든 쏜살같이 돌아와
무엇 하고 왔는지
다시 샘물가로 달려가네
마나님 주머니의 금방울 떨어지듯
놀란 소리 꾹꾹 지르며
황급히 퍼덕여 나는
장꿩 당꿩
내 꿩치에 걸려라

# 피 뽑는 들에서

쥐죽은듯
온 마을이 비어 있다
태곳적 하늘이
투명한 계절이다

푸름을 기르는 논배미에
듬성듬성 허리 펴는
하얀 조선옷

몇 마리 학이
사람의 시늉을 한다

이때엔
실바람도 떼로 흘러와
푸름을 어루만지고

어디선가
뜸부기 우는 소리에
아이들의 귀가 쫑긋,
눈을 치뜬다

온 마을이 뜬구름처럼
어디론가 흘러가고 있다

# 제비 날으는 언덕

제비가 나는 언덕에 누우면
하늘을 날아 먼 나라로 가는
꿈을 꾼다
눈을 뜬 채로 나도 날아간다

내 꿈은 무엇일까
눈을 감으면
한 얼굴이 보인다
한 세월이 스친다

# 제비

처마에 깃들였던 제비
전깃불을 들이대자
놀라서 날아간다
그는 어둠 속을 날 수 없어
밝은 처마 밑에서만 푸덕인다

나의 無知여
제비가 다시 제집에 들어갈 때까지
마냥 전깃불을 끌 수가 없다
새벽이 가까워 오는데
우리는 어둠을 저주하면서
희미한 별빛에 아침을 예견한다

한 입씩 진흙 물어다 쌓은 보금자리
그 밑에 제비똥 수북이 쌓인다
제비똥 모아
장미뿌리 흙더미에 묻어두면
더욱 아름답게 피는 꽃송이
낮에는 강아지를 풀어놓고
운동을 시킨다
밤에는 불을 켜서는 안 된다

# 포릉포릉 멧새가 날아와

산에만 살아 멧새인가
아주 작은 것이
포릉포릉 무리지어
마을까지 산자락을 탄다

저 혼자 숨이 차
가쁜 소리를 뿅- 뿅-
짧게 목청을 가다듬고
얕은 숲에 숨는다

멧새는 왜 마을까지 내려오나
노란색 병아리가 보고 싶어
마을까지 내려와 집새가 된다네

# 집오리

언젠가
하늘 속을 훨훨 헤엄쳐간
그 나라에
자꾸만 떨어져내리던 꿈결에
너는 退化의 과정을 밟고 있었던 게지

언제부터인가
더는 날아서 갈 수 없는 짐승
하늘나라를 두고
너는 울고 있었다
분명, 꿈꾸던 그 나라를
잃어버린 게지

내 영혼도 떠나버린 것일까
오늘 아침 내 책상 위엔 유서처럼
나를 울리는 깃털만 하나 남았다

우리도 날아야 한다
언젠가는 이 地上을 떠나야 한다
野生의 세월로
자유의 나래를 펴야 한다

## 딱따구리

오솔길이 끝나는 곳에서
문명의 환청, 찬연한 음악이
사라진다 그 사라지는 방향으로
가부좌를 틀고 앉아 심호흡을 한다

울창한 활엽수 군락 속에서
原始의 소리가 귓부리를 때린다

여기에선 눈멀고, 귀 먼 짐승이 되자
안으로 가시 돋친 心性을 고르며
먼 데 바다의 우람한 소리에 귀 대어본다

어느 순간 숲속의 저격수
딱, 딱, 딱다그르르
계곡과 계곡을 메아리쳐오는
이 맑고 경쾌한 소리

햇살에 빛나는 금관악기가
숨차게 高音을 뿜어내듯
고요를 깬다

나는 드디어 숲속의 제왕
딱따구리와 마주 선다

## 검둥독수리


어른은 밭에 나가
김을 매고
아이들은 냇가에 나가
물장구치나

마을은 한낮을 향해
그림자를 세우고,
암수가 몰려다니며
모이를 쪼던 집닭들이
일순 혼비백산 흩어진다

검둥독수리 한 마리 떴나
조요롭던 마을은
강풍의 긴장에 휩싸인다

수리의 눈동자를 보았는가
지상의 개미 한 마리까지 헤아리는
그 原始眼을

수리의 발톱에 채여보았는가

집닭들은 무엇으로 죽음을 예감하는가
송곳창같이 찍어 채는
칼바람의 순간을

유유히 선회하는 나래 접고
수직으로 낙하하는
폭풍의 공포에 집닭들은 기절하고

마을과 들은
또다른 靜寂에 잠긴다

## 독수리

망토를 두른 듯
당당한 위풍으로
바람을 타누나

산맥을 넘어
들을 가로질러
바위 절벽
그 위에 독야청청한
소나무에
날 선 발톱으로 내려앉을 때
골짜기엔 섬찟 정적이 감돈다

바람에 실려 비상하는 영웅
유유히 창공을 제압하고,
거기에 너만의 自由
너만의 意志가 지배하는 곳

수직으로 낙하하는 한순간
먹이에 집중하는 눈동자는
敵意로 빛나고

나는 소름이 끼치도록
창백해진다
무서운 희열에 빠진다

## 참새


겨울 어스름
탱자나무 울타리엔
때아닌 참새들의 방문으로
귀가 따갑다

어둠은 순식간에 마을을 점령하고
마을은 동화의 나라로 떠난다
달과 숨바꼭질하며
창공의 은하수를 넘어
별나라에까지 나아간다

지난겨울 황금들판을 날던
참새의 꿈은
어느새 그리움으로 변하여
초가집 처마 끝 흙벽의 보금자리를
꿈꾸고 있다

# 겨울 참새

포릉포릉
탱자나무 울타리는
어둠을 피해
새들이 모여드는 안식처

아침에 짖는 참새는
가을걷이 끝난 들판에 가자고
포릉포릉 힘차게 날아가더니

저녁에 우는 참새는
어둠에 쫓겨
힘없이 돌아와
앉은뱅이 울타리
탱자나무에 숨는다

참새는 추워도 운다

# 흑비둘기

꾸르륵 뻐끄르르
조심스레 펼치는 어눌한 울음이려니
무엇인가 호소하는 양
먼 바다 향해 꾸르르 뻐꾹버끄르르

왜 속세를 떠나 사느냐 물을라치면
순간을 자르듯
고결한 성품으로 나래치는
흑비둘기여

이전에
꿈속에서도 본 적이 없네
바다의 후미진 곳 절벽섬

의젓한 후박의 그늘
후박잎 하나에 전신을 숨기고
미개간의 땅, 누구를 그리는가

검은 연미복
절벽을 날아오르는 찰나의 환청

귀담아듣는 선지자들의 자태이려니

# 까치집

여름 미루나무엔
까치둥지가 숨어 있다
매일 자라는 이파리의 크기만큼
빛의 향연이 찬연하다
훈풍에 일렁이는
빛의 和흡에 까치는 설렌다

비바람 천둥번개가 일 때
격정의 함성에 숨을 죽이는
까치야 까치야 두려운 눈빛 마라

어둠을 깨며
맑은 아침공기를 가르는
첫인사는
단단한 나뭇가지로 창호지를 북 치듯
곤비한 농부의 단잠을 깨워
창문을 열게 한다

오늘도 까치는 풍성한 먹이로
새끼를 기르고

또 한 마리 먹이 잠자리를 찾아
마을 뽕나무 가지에 내려앉는다

여름 미루나무에선
벌집에서처럼 윙~ 윙~
바쁜 함성이 터져나온다

## 까치 소리


두메 산골
돌작밭 귀퉁이 오동나무에서
까치가 인사를 한다

한적한 마을
새 아침의 세상을 열고
미루나무집 담장 위로
마을을 간다

초가집 하나
냇가로 줄 선 미루나무 세 그루

바람 소리
물소리
까치 소리 어우러져
깨어나는 아이의 당나귀 귀

그 소리 소리 사이에
정지되는 시간이 있다
침묵의 소리

내 영혼을 붙들어매는
정갈한 소리가 있다

# 황조롱이 만세

오늘도 날이 밝았는가
도시는 매일 변두리로 진군한다
풍선처럼 팽창하며 공룡처럼
자연을 짓밟고 나아간다

한적한 바위 절벽
벽화처럼 창틀 하나 있었네
빠꼼, 주둥이 먼저 내밀고
나고 들던 황조롱이

아무도 낌새를 못 채던
이 보금자리에
폭약이 터지고 굉음이 압박해오는
최후의 사태
킥 킥 킥 허공을 찌를 듯
급살맞게 위기의 신호를 보내지만
나는 팔짱 끼고 구경만 한다

무성히 푸성귀 자라듯
새끼털 덥수룩 자란 5월

노란 주둥이 크게 벌려
허공을 휘젓는 오늘이
너의 마지막 날이 될 수는 없지
내일도 해는 뜰 것이니까
편히 삼살 수 있어야 한다
황조롱이 만세

# 東江 비오리

쌍쌍이 날고
함께 헤엄치는
東江 비오리

굽이굽이 돌아
흐르는 두렁에
산그늘이 졸면
흰 구름이 머물고
물잠자리가 水面을 차며
날아오른다

강물을 거슬러오르다
지치면
빠른 물살에 떠밀려난
자갈밭에서 꺽지도 잡아먹는
비오리

東江에선
비오리도 텃새,
원앙이 좋아 여름에도

함께 산단다

## 두루미 가듯

두루미 가듯
눈밭을 허우적이며
흰 고무신짝을 사각사각
나들이 간다
무엇을 생각하나, 갸우뚱
고개를 젓는다
아직은 正午의 여우꼬리가
발 뒤에 끌린다
허연 논두렁길을
휘이휘이 팔소매 저어간다
저만큼 서서 두리번거리는
두루미 한 쌍을 뒤로 두고
핫바지 가랑이를 스석이며
헛기침을 한다, 헛기침

고개 위 소나무밭이
구름 위에 떠 있다
고개 너머에선
봄소식이 불어오겠지
종다리도 날겠지

눈밭을 가면
두루미 가듯
또 한 세월이 돌아오겠지

2부

## 점례가 따라간 찌르레기

점례가 사라졌다
열여덟 살 댕기 딴 머리
점례가 찌르레기 울음 따라
골짜기로 찾아들어갔다

마을 여기저기
떼로 날아와
보릿고개 울며 넘던 산너머
영영 돌아오지 않을 어머니 찾아
점례가 사라졌다

찌르레기야
너는 철 따라 돌아오지만
집 나간 점례 엄만
언제 올 거냐

점례야 점례야
너는 가지 마라
찌르레기 소리 따라 너는 가지 마라

## 바람둥이 굴뚝새


무사*울엄시난?**
무사울엄시난?

음치 중의 음치야
까투리가 꺽— 꺽—
밤낮을 가리지 않고 울어대니
계곡이 시끄러워

굴뚝새 한 놈이 찾아와
무사울엄시난
무사울엄시난

까투린 알을 품고
장끼는 돌밭 담에 망을 볼 제
아, 스산한 바람에
보리밭이 일렁이네

느닷없이 천지를 찢는 총소리
망보던 장끼, 사냥꾼의 손에 쓰러지고
까투린 하루아침에 홀어멈 되었쑤다

나 혼자 어떵 살렌 꺽— 꺽—
밤낮으로 꺽— 꺽—

얼씨구, 굴뚝새 수자 보소
적적시면 나캉 살젠

까투리 응대하는 꼴 좀 보소
아이고 분해라 저 조막만한 것이
날 넘보네

작아도 쩍, 쩍
작아도 쩍, 쩍
몸은 작아도 물건은 크다야

쩍, 쩍, 계면쩍은 굴뚝새 낯짝 좀 보소

* 왜
** 울고 있느냐고?
진성기 채록 『제주민담』(형설출판사, 1977): 백문생씨(당시 53세, 女, 성산
면 수산리)의 1959년 10월 2일 채록문에서.

## 꽁지 있나 봐

황새 꽁지 옵다구*
왜 옵냐구?

인정 많은 황새
까치 신세 거들었다가
여우란 놈한테 날벼락 맞은 거여

여우가 까치한테
너 잡아먹기 전에 새끼 한 마리 다오
내 새끼를?
매일 그렇게 한 마리씩 얻어먹었지
다 주고 한 마리만 남은 거야
황당한 까치, 황새한테 하소연했겠다
황새 하는 말
야, 여운 나무에 못 오른다는 걸 알아야지
맞다, 맞다

다음날 아침
또 찾아온 여우를 보고
까치는 단호하게 거절했지
낌새를 챈 여우 이번엔

그럼 황새 너를 잡아먹을 수밖에

여우굴로 황새를 유인한 다음
굴 안에서 막 물어뜯으려 할 때
까욱—히고 황급히 소리질렀지
깜짝 놀란 여우에게
여우야, 이 소린 하늘에서
나쁜 짓 하는 놈을 잡으러 온다는 소리야

나 좀 숨겨줘
겁에 질린 여우, 황새 꽁지를 꽉 물고 놓아주지 않어—
이때다 싶어 굴 밖으로 황급히 빠져나오니
꽁지가 확 빠져버린 거라구

꽁지 있나 봐
황새 꽁지 웁다구


* 없다구
최문식 채록 『한국의 민담』(시인사, 1987) 중에서 이금손씨(경기도 연천
군 전곡면 전곡 1리, 1972. 8. 16 채록)의 구술을 토대로 함. 이씨의 화법
을 살림.

## 자유의 노래 꾀꼴

꾀꼴꾀꼴
목청이 좋아 꾀꼴새란다
눈꼬리에 검은 띠를 세워
머리에 쓴 듯
한껏 위엄을 부리며

꾀꼴꾀꼴하니
우가야 우가야* 화답한다

여름 동산의 온갖 잡소리는
냇물 소리에 숲속을 떠나고
여기에선 잠시 시간이 멈춘다

한 쌍 꾀꼬리의 무대

꾀꼴꾀꼴
뺏 삐요코 삐요, 뺏 삐요코 삐요**
사랑의 듀엣이
聖堂 안에서 듣는 미사곡처럼
숲속의 귀를 모은다

자연은 진정 자유를 일깨워주는 곳

* 꾀꼬리가 날 때 지르는 소리. 이우신 『우리 새 백 가지』에서.
** 꾀꼬리가 번식기에 서로 사랑을 나눌 때의 소리. 이우신 『우리 새 백
가지』에서.

53

## 참새야 벼이삭 따지 마라

가을이라 추스르하니
하날님께 제사를 지내야지비
떡으 많이많이 해서
젯상에 차렸지비
아, 난데없이 파리 한 놈
난짝 젯상 위에 올러타
떡으 먹지 아이했겠소
이를 보고 돋아*
하날님께 고해버렸지비
이 말을 들은 하날님
당장 파리를 잡아
'너느 어째서 하날님에게 바친 떡으 먼저 먹느냐?' 하고
매를 때릴라 하니
파리느
'나보다 맨제 먹는 놈으 매 때리지 않고 놔두고 나만 매
때릴려고 합네까?'
하날님 이 말을 듣고
'너보다 맨제 먹던 놈이 뉘기냐?'
'새—'
'새?'

'참새는 곡식이 여물기부터 곡식으 빨아먹지 않습니까?'
이 말으 들은 하날님 돋아서 참새르 잡아다 매를 때렸지비
새는 곡식이 여물기 전에 빨아먹은 죄로 매를
'1만8천9백87대르 맞게 됐습니다'

참새는 그때부터 아파서 제대로 걷지 못하고
불독불독 뛰어다니게 됐다 합니다

불독불독 뛰어가는 참새라고?
탁구공이 매를 맞으면
퐁 퐁 튀어가듯
참새는 퐁 퐁 튀며 뛰다가
하늘 보고 포롱~ 날아가지요

참새떼가 떠난 마당엔
가을 햇살이 모여듭니다

* 화가 나서
임재석 『한국구전설화 채록문』 중에서 관청찬율 씨(창씨개명으로 일본
식 이름이 됨 : 함경북도 청진부 나남읍 수남정, 1943. 9 채록)의 구술을
토대로 함.

## 까투린 궁합도 안 보네

청명한 하늘 아래
콩밭으로 들어서니
음치 중의 음치들
끼리끼리 노닐며
쪼르륵 쪼르륵 뛰어다닌다

까투리 섬찟 놀라 바라본 것은
꿩차위, 그 위에 반짝이는 홀씨 하나
'여보 그거 찍어 먹지 말우'
'찍어 먹으면 어떠냐'
'아 글쎄 제발이유, 찍어 먹지 말라구 어젯밤 꿈에……'
'꿈? 어떤 꿈을─'

탁! 소리와 함께 장끼 모가지 타서 쭉 뻗어버리네
어럽쇼 이 일을 어쩌나
까투린 꺽─ 꺽─ 울음도 못 삼키고
이 새끼들 어찌 먹여살리나
꺽 꺽 아이고 나 못살겠네

까투리 생과부 된 소문

어찌어찌 알았나
뒤뚱뒤뚱 오리가 찾아와


'여보 까투리!'
'아 왜 그러우?'
'인제 나하고 삽시다, 과부신세 면하고 나하구 살자구'
'흥— 과부라고 궁합도 안 보고 사나?'
'궁합은 봐서 뭐 해? 열두 딸에 아홉 사내 꿰차고 무얼 더
바래, 그냥 삽시다'


에라 모르겠다
너도 자식복
나도 자식복
얼렁뚱땅 한 울안에
넘치는 식솔
꿤 꿤, 꺽, 꺽
우리는 다산성(多産性)
끼리끼리 서로 합해
부창부수(夫唱婦隨)일세

한번 합창해보슈
아하, 쯧쯧
이 세상에 제일가는
음치부부 났네

『한국구비문학대계』(한국정신문화연구원 간) 중에서 김순이씨(경기도 강화군 길상면 선두 5리, 1991. 7. 17 채록)의 구술을 토대로 함.

# 바다 갈매기 1

갑자기 바다가 울부짖는다
보일 듯 말 듯
한 점, 손수건이 너울대듯
너무 멀리에 너는 있으므로
나는 바다가 무섭다
울고 싶다

네가 돌아올 수는 없는가
끼룩끼룩 고운 노을빛을 내는
살아 있는 목소리로
이 뭍으로 돌아올 수는 없는가

바다는 야만의 땅
외로운 영혼이 흐느끼는
원시의 시간이 파르르 떨고 있다
위태위태한 수평선 위
너의 나랫짓을 본다

## 바다 갈매기 2

가물가물 가랑잎이 지듯
수평선 위에 갈매기 하나
바다엔 위기가 감돈다

희망이었던 조각배 하나
파도에 떼밀려
부서지듯 돌아온다

끝없는 항해, 한없는 나랫짓
지침과 외로움에
더 날 수 없을 때,
그때를 누가 알리

높이 오를수록
멀리 날수록
커지는 무서움
파도처럼, 적막처럼
바다엔 위기가 넘친다

함성과 고요를

나래 속에 접어두고
시간의 항해가 있을 뿐
영원한 고독이 있을 뿐

갈매기는 알겠지, 바다의 성질을
바다는 알겠지, 갈매기의 꿈을

## 바다 갈매기 3

돌아오지 않는 시간처럼
모두는 사라지는가
벼랑에 핀 꽃처럼
흐느적이는 바다 위의
작은 갈매기

지금 무너지는 파도처럼
암울한 노을빛을
나는 정지시킨다
사진 찍듯 쉬지 않고
긴장의 눈망울을 쏘아댄다

손닿을 수 없는
눈길이 머물 수 없는
끝내 사라지는 사물의 꿈을
기도하듯 흐느껴 운다

돌아오지 않는 시간에의 꿈을
훨훨 날아서 가는 갈매기
바다는 이제 한 장의 靜寫眞

너의 나래만이 퍼덕이는,
영원히 살아서
水平을 지키는 파수꾼
나는 눈을 감고
헤엄치고, 나는 시늉을 해본다

## 바다 갈매기 4

해 뜨고 달 뜨는 그곳
수평선을 넘어 가자
넘실대는 파도,
파도에 밀려가듯
수천, 수만 번의 펄럭임
작은 나랫짓으로 헤쳐 가자

바다는 내 현실의 나라
지치고 외로운 숙명에서
영원한 곳
그곳을 향해 날아가자

수평선을 가늠하는
포수의 총구 속엔
한 마리 새,
갈매기가 날고 있다.

# 뻐국, 뻑 버꾹

뻐꾸기냐 두견이냐
우리는 사촌이란다

시인의 눈이 어두워
살아 있는 새
뻐꾸기를 본 적이 없으니,
시인의 귀가 아둔해서
마을 하늘을 넘어
강 건너 산자락까지
퍼져가누나

뻐꾹 뻑꾹 不如歸란다
뻐꾹 뻑꾹 杜鵑이란다

한여름내
이 나라 백성의 애간장
다 태우고 어디로 갔니

# 꿈꾸는 파랑새

오늘, 하루
나에겐 가장 소중한 날이어니
이른 새벽
곰곰이 생각하노니
오늘, 하루를 맞이하는
벅찬 희망
감사와 기적의 의미를
새벽별처럼 바라본다

아직 마음속에는
神의 音聲일까
귓가엔 聖樂이 스쳐오네
나는 어떻게 살아야 할지

어떤 꽃은
오늘, 하루로 그 생명이 다하나
나는 오래오래 살아서
감사의 노래 부르는
꿈꾸는 파랑새 되리라

오늘, 하루를
내가 살아 있음에
내일을 생각하고
내일을 기다리는,
눈으로는 보이지 않는 세상
영원을 바라보네
그림처럼, 움직이는 그림처럼
살아 있는 영상을 보네

## 타조를 보면

타조를 보면
달리고 싶다
말 타듯 올라타고
사막을 달리고 싶다
십 리 뒤에 흙먼지를 뿌리며
대륙을 가로질러서
바다 너머까지 날아오르고 싶다

푸른 초원을 달리고
해 뜨는 지평을 넘어
휘발유를 마시며 달리는
경주차와 함께 겨루고 싶다

달밤의 사막에 주저앉아
천체를 헤아리는 낙타와 점성가를
찾아 나서고 싶다

타조를 보면
나는 달려가야만 한다
아프리카로

인도로
저 멕시코의 고원에
神들이 지은 도시
테오티우칸Teotihuacan의
태양神과 달神이
비껴서 마주 바라보는
옛날의 시간 속으로
달려가야 한다

타조를 보면
달리고 싶다
달려가야만 한다

## 神은 알고 계실까
— 뻐꾸기를 생각함

1

보릿고개 타령
집 나간 자식 타령
뻐꾸기는 왜 우는가
마을을 떠나 산 속에서
슬퍼 우는 건가

뻐꾸기는
왜 제 둥지를 틀지 않는가
왜 남의 둥지에 제 알을 하나씩 떨구고 가는가

뻐꾸기 새끼는
왜 둥지 속 남의 새알 새끼들을 모두 밀어내는가

왜 뱁새(붉은머리오목눈이)는 자기 새끼와 남의 새끼를 구
별하지 못할까
기른 情 때문일까

2

수천 수만 종이학이 날아오르고
색색이 꽃잎이 하늘 멀리 떠간다
꿈이었을까

뻐꾹뻐꾹…… 메아리도 없이 가슴에 젖어든다
나무꾼은 귀를 세우고
무성한 숲속, 어디에선가
애타는 소리 닭똥 같은 알알의 恨이런가

너로 하여 지난날이 되살아나고
너로 하여 먼 데를 그리워함이
그것은 짝사랑이었을까

이 반란의 현장
비정한 울음소리를
神은 알고 계실까

# 황망히 사라지는 노을빛에

저기 기러기떼 줄지어 가는 곳
하늘의 서편
황망히 사라지는 노을빛에
내 시간이 얹힌다
하루의 끝자락에
이 남루함이여
내 인생의 한때
흑백사진처럼
어둠 속으로 사라져버리고,
마음엔 한줄기
노을빛 간직한 채
어둠의 노예가 되네

세상은 어둠뿐이다
이때, 놀라운 사태
새로이 빛의 줄기가
부챗살처럼 쏟아져오는 누리
여명의 시간을 예언하고 있다

이 세계를 당신은 아는가

눈이 먼 사나이가
손을 뻗어 사물을 만져보듯
기억을 살려본다

별들의 이름
지상의 꽃들은 잠들어
말이 없는 이 겨울
짐승들의 이름들을 불러본다
잊혀지지 않는 사람들
돌아오지 않는 세월을 불러본다

새로이 쏟아져내리는 상념들
새로이 살아나는 이름들
사진첩 속에 고이 간직하고
이제 접어두자

기러기떼 사라진 하늘 속에
내 세월이 휘말려 간다

# 뜸부기 울면

뜸부기 울면 어쩌나
아픈 살육의 역사가
되살아나는
물가에, 뜸부기 울면
나는 말을 줄이네

뜸~북, 소리 다음
또 뜸~북 소리 날 때까지
그 사이가 정적으로만 이어질 때
내 마음은 찢어질 듯
아픈 사연으로 살아나네

첫 김매기가 끝난
들녘엔 일꾼들도 뜸하다
훈풍에 푸르름의 정적이
파르르 물결 인다
마음속 되살아나는 떨림을
말하지 말자, 말하지 말자

이 논배미에서

저 논배미에서
뜸~북, 뜸~북
나는 보이지 않네
뜸부기의 실체

때때로 들려오는 음성
그 음성을 기다림같이
이 들녘에 앉아
말없이 곱씹어보네
상처뿐인 우리의 지난 세월
상처뿐인 나의 허물을

## 회상의 숲

빨리 빨리 어른이 되어요
新房 차려 예쁜 각시 얻고
비단조끼 허리춤에
곰방대 찔러넣고
밤마다 별이 떨어져
마당 가득히 금덩이로 채워지는
새 각시 七福을 누려요
장모님 싸리비로 마당을 쓸어내고
아침 시내에 이르면
비늘 반짝이는 송사리떼가
아침해 둥근 쟁반에
소롯이 모여 식사를 해요
아지랑이뿐인 뒷산에
떠들썩한 까투리와 장끼들의
아침인사를 들어요

## 乙淑島에 가면 보금자리가 있을까


고니가 온다
겨울보다 먼저 몰려온다
하얀 깃털을 날리며
떼지어 휘이휘이 돌아오누나
긴 모가지가 기우뚱,
乙淑島가 보이는가
오냐, 어서 오너라
우리들은 너의 安否가 궁금했었다
와서 보금자리를 틀고
갈밭에서 숨바꼭질하자

神聖한 모가지와 날갯짓
누가 그 위엄에 도전하랴
와서 함께 겨울을 설계하자
자유의 천지, 자연의 세월을

네가 휘이휘이 돌아올 때면
우리는 시베리아의 안부가 궁금하다

## 세월을 꿈꾸는

食人 상어를 타고
바닷속을 헤엄치고

수리를 따라 하늘 높이 높이 떠올라
세상을 내려다보고 싶다

부엉이 날개에 얹혀
밤의 먹이들을 포획하고

굶주린 호랑이가 달리는 대지에
강줄기를 따라 城을 쌓아야겠다

하늘을 나는 것만으로
세월을 뛰어넘을 수 있다면……

짐승들의 생명력으로
내일을 바라보고
사랑의 불씨를 간직하리라
생명의 씨앗을 잉태하리라

## 새소리 尹茂夫

나의 친구 尹茂夫
이제 그는 새소리만 내기 때문에
더이상 내 친구가 아니다

철새들은 국경도 없이
이 나라 저 나라를 넘나들며
自由를 노래한다고
새소리만 한다

새들의 낙원 캠퍼스 안에선
만나볼 수도 없고
전화를 걸어도 不通
예고 없이 TV화면에 나타나
새소리를 하고 사라진다

잠 안 오는 밤엔
뻐꾸기 소리도 좀 들려주지

# 得音


한여름
깊은 잠에 든 이 大地에
나는 귀를 기울인다

햇살에 숨쉬고
달빛에 이슬 머금는 原始林
이 秘密한 속삭임에
나는 말을 잊었네

우람한 針葉樹의 밑동에
도끼를 들어
힘차게 내려찍는다

마음속에 숨겨두었던
단호한 決意가
숲속을 뒤흔들며 퍼져나간다

아— 침묵이 깨어지는
순간의 威嚴
大地는 깊은 잠에서 깨어나고

宇宙를 일깨우듯
메아리쳐 돌아오는 붉은배새매 소리

나는 감히 자연에 경종을 울리는
예언자일 수 있을까

神의 啓示를 得音하는가
목을 빼낸 거북의 자세로
우리 모두 귀기울이는가

## 푸새에 새집을 짓고

바람 센 언덕에서
겨울 철새가 뜬다
시샘이었나
텃새만 모여드는
봄이 다가오는 것은

폭설에 눌려 숨죽였던
대지가 꿈틀
아지랑이 승천하는
밭뙈기 너머
속살을 내미는 푸새여
길어만 가는 봄날이어라

푸새에 새집을 짓고
사랑 노래,
하늘을 한번 날아와
새알을 품고 꿈을 기른다
도처에 봄싹 틔우는 소리
누에 잠만 일깨우고

오늘은 낭자한 새소리
천지가 사랑의 화답이구나
호미 든 따비밭의 농군이여
나는 새를 두고
기쁨의 얼굴
사랑의 말투
강 건너까지 메아리치세요

## 들길로 나아가는 수레를 타고

들길로 나아가는 수레를 타고
단술에 취한 듯 쉬 노곤해지는
이 아지랑이 피어오르는 봄볕이여

아카시아 향기에 젖어 마음은
뜬구름에 올라 육신을 저버린다

저기 여기 어디엔가
꽃상여 가는 행렬,
그 구성진 소린
사람의 소리인지 짐승의 소리인지

노고지리 노고지리
들길엔 만물이 살아 화답하누나

# 신을 향한 날갯짓

문혜원(문학평론가)

  박이도의 이번 시집에서 '새'는 공중을 날아다니는 생명체라는 사실적인 이미지를 그대로 간직하고 있다. 박이도는 색다른 이미지로 새를 해석하거나 수식하지 않고 새의 존재 양태를 전적으로 수용하고 있다. 새는 새의 모양 그대로 자유로이 날고, 시인은 새의 날개에 자신을 실어 시간을 거스르기도 하고 공간의 경계를 넘어서기도 한다. 한마디로 말하면 그는 새를 통해 시간과 공간의 제약을 극복한다기보다는 시공간을 타고 자연스럽게 흐른다. 대상에 인간적인 형상을 강요하지 않는 이 자연스러움은 그의 시를 평화롭고 잔잔한 것으로 만드는 중요한 원인이 된다.

  그의 시에서 새는 시간의 흐름을 따라 흘러가는 존재이며 세월의 흐름을 알려주는 존재이다. 시인은 새의 날개에 자신의 세월을 실어보기도 하고(「황망히 사라지는 노을빛에」 「두루미 가듯」) 이따금 유년의 기억 속으로 회귀하기도 한다.(「회상의 숲」) "하늘을 나는 것만으로/세월을 뛰어넘을 수 있다면……"(「세월을 꿈꾸는」) 그러나 박이도의 시에서는 지나버린 시간에 대한 미련이나 회한, 아쉬움은 느껴지지 않는다. 시인은 다만 물처럼 흘러가는 시간을 담담하게 바라보고 있을 뿐이다.

그가 이처럼 시간을 담담하게 바라볼 수 있는 것은 인간의 유한성을 알고 있기 때문이다. 시간의 흐름에 덧없이 매달려 있는 이 남루함("저기 기러기떼 줄지어 가는 곳/하늘의 서편/황망히 사라지는 노을빛에/내 시간이 얹힌다/하루의 끝자락에/이 남루함이여"—「황망히 사라지는 노을빛에」). '나'는 영원의 흐름 속의 한 점에 불과하고 그런 내가 지상에 머무르는 시간 역시 찰나일 뿐이다. 그런 면에서 인간인 '나'는 잠시 머물다 가는 철새와도 같은 존재일 뿐이다. 그래도 어쩔 수 없다는 것, 언젠가는 시간의 흐름을 따라 병들고 소멸하는 존재이지만 그래도 살아갈 수밖에 없다는 깨달음은 그의 시가 감상에 떨어지지 않을 수 있게 하는 가장 중요한 인식이다.

가물가물 가랑잎이 지듯
수평선 위에 갈매기 하나
바다엔 위기가 감돈다

희망이었던 조각배 하나
파도에 떼밀려
부서지듯 돌아온다

끝없는 항해, 한없는 나랫짓
지침과 외로움에
더 날 수 없을 때,
그때를 누가 알리

높이 오를수록
멀리 날수록
커지는 무서움
파도처럼, 적막처럼
바다엔 위기가 넘친다

함성과 고요를
나래 속에 접어두고
시간의 항해가 있을 뿐
영원한 고독이 있을 뿐

갈매기는 알겠지, 바다의 성질을
바다는 알겠지, 갈매기의 꿈을
　　　　　　　　　　—「바다 갈매기 2」 전문

인간이 살아가는 삶의 현실은 언제 해일이 일고 파도가 칠지 모르는, 광포함을 감추고 있는 바다이다. 인간은 그런 바다 위에서 먹이를 구하고 다시 날아올라야 하는 갈매기와 같다("수평선을 가늠하는/포수의 총구 속엔/한 마리 새,/갈매기가 날고 있다"「바다 갈매기 4」). 이 갈매기의 모양은 때로 벼랑에 핀 꽃처럼 위태롭고("벼랑에 핀 꽃처럼/흐느적이는 바다 위의/작은 갈매기"—「바다 갈매기 3」), 금방이라도 물에 젖어버릴 것 같은 손수건과 같고("한 점, 손수건이 너울대듯"—「바다 갈매기 1」), "가물가물 가랑잎이 지듯"(「바다 갈매기 2」) 나부끼는 것으로 표현된다. 시인은 갈매기를 바라보며 조각배 하나를 바다에 띄워보지만, 배는 파도에 밀려서 나아가지 못하고 금세 되돌아온다. 반려된 희망.

높이 올라갈수록, 멀리 날아갈수록 두려움은 점점 커져만 가고 같이 나는 동료도 없다. 가장 높이 나는 갈매기가 가장 멀리 볼 수 있다고 하지만, 높이 날기란 얼마나 어려우며 멀리 보기란 또 얼마나 어려운 것인가. 아래쪽에는 광포한 바다가 입을 벌리고 있다. 아무리 힘이 들어도 긴장을 풀고 바다에 내려앉는 것은 위험한 일이다. 수천 번 수만 번의 날갯짓으로 지치고 힘든 갈매기가 쉴 곳은 어디일까. 인간이 잠시 숨을 돌릴 수 있는 곳은 어디일까. 멀리, 높이 날아간 갈매기들은 돌아오지 않았다("돌아오지 않는 시간처럼/모두는 사라지는가"—「바다 갈매기 3」). 그래도 지침과 외로움에 더 날 수 없을 때까지, 즉 죽음에 이르기까지, 갈매기는 계속해서 날 수밖에 없다. 그것이 갈매기의 숙명이고 인간 존재의 숙명이다. 인간은 이 삭막한 현실에서 고독하게 항해를 계속하다가 시간의 흐름을 타고 사라져가는 것이다. 시간의 항해와 영원한 고독. 그것이 박이도가 바라보는 인간의 숙명이다.

그러나 시인은 이러한 인간의 숙명을 비관하지 않는다. 인생은 벼랑에 핀 꽃처럼 항상 위태롭고 고독한 것이지만, 벼랑의 꽃이 그곳에 있기 때문에 아름다운 것처럼, 인간의 삶역시 고난 속에 있기 때문에 아름다운 것이다. 벼랑의 꽃에는 극한 상황에서 오는 긴장된 아름다움이 있다. 비록 그것이 생의 끄트머리에서 외롭게 피었다가 시들어 시간의 뒤로 사라져버릴지라도, 피어 있는 동안 꽃은 충분히 아름다운 것이다. 결국은 사라져갈 갈매기나 인간도 마찬가지다. 모든 생명 있는 것들은 시간의 흐름 속에 사라지고 잊혀질 것이지만, 중요한 것은 살아 있는 동안의 아름다움인 것이다.

만약 인간이 숙명과의 싸움을 포기해버린다면, 그는 몸과 정신의 안락을 얻을지는 모르지만 꿈과 이상을 잊어버리고 퇴화해갈 것이다. 새이면서 새가 아닌 집닭이나 집오리처럼, 인간이되 인간이 아닌 삶. 자신의 정체성을 상실한 채 현실에 굴복해서 살아가는 삶("자꾸만 떨어져내리던 꿈결에/너는 退化의 과정을 밟고 있었던 게지"―「집오리」). 시인은 집오리를 바라보며 혹시 자신의 영혼도 떠나버린 것이 아닐까, 그래서 퇴화하고 있는 것이 아닐까 반문한다("내 영혼도 떠나버린 것일까/오늘 아침 내 책상 위엔 유서처럼/나를 울리는 깃털만 하나 남았다"―「집오리」).

망토를 두른 듯
당당한 위풍으로
바람을 타누나

산맥을 넘어
들을 가로질러
바위 절벽
그 위에 독야청청한
소나무에
날 선 발톱으로 내려앉을 때
골짜기엔 섬찟 정적이 감돈다

바람에 실려 비상하는 영웅
유유히 창공을 제압하고,
거기에 너만의 自由
너만의 意志가 지배하는 곳

수직으로 낙하하는 한순간
먹이에 집중하는 눈동자는
敵意로 빛나고
나는 소름이 끼치도록
창백해진다
무서운 희열에 빠진다

—「독수리」 전문

집오리가 날개를 접고 퇴화해버린 실패의 상징이라면, 독수리는 자신의 날개로 공중을 비상하고 자신의 의지로 생을 영위하는 강력한 생명력의 화신이다. 시인이 독수리에게 매료당하는 것은 이런 위풍당당함 때문이다. 창공을 제압하고 수직으로 낙하해서 먹이를 가로채는 독수리는 혼자 있지만 초라하거나 고독하지 않고 장엄하고 당당하다. 독수리가 집닭을 채가는 순간 시인이 희열을 느끼는 것은, 집닭과 같은 존재로 변해가는지도 모르는 자신의 정체성을 깨우기 때문이다. 그 강인하고 당당한 생명력. 새가 새일 수 있는 것은 위험을 무릅쓰고 공중을 날기 때문이고, 인간이 인간일 수 있는 것은 고난과 역경 속에서도 끝끝내 삶을 포기하지 않기 때문이다. 시인이 독수리에게서 발견한 것은 살아 있는 것들의 생명력이고, 살아 있는 동안 최선을 다하는 성실함과 도전적인 자세이다. 그래서 시인은 달리는 타조를 보며 끝없이 달리고 싶은 충동과 달려야 한다는 의지를 되살린다(「타조를 보면」).

바다 위를 나는 갈매기가 연약한 인간과 동일한 상징물이라면, 독수리는 인간에게 용기와 반성을 주는 존재로 그려지고 있다. 이때 새는 인간과 신의 사이에 존재한다.

오늘, 하루
나에겐 가장 소중한 날이어니

이른 새벽
곰곰이 생각하노니
오늘, 하루를 맞이하는
벅찬 희망
감사와 기적의 의미를
새벽별처럼 바라본다

아직 마음속에는
神의 音聲일까
귓가엔 聖樂이 스쳐오네
나는 어떻게 살아야 할지

어떤 꽃은
오늘, 하루로 그 생명이 다하나
나는 오래오래 살아서
감사의 노래 부르는
꿈꾸는 파랑새 되리라

오늘, 하루를
내가 살아 있음에
내일을 생각하고
내일을 기다리는,
눈으로는 보이지 않는 세상
영원을 바라보네

그림처럼, 움직이는 그림처럼
살아 있는 영상을 보네

　　　　　　　　　　　—「꿈꾸는 파랑새」 전문

　이 시에서 파랑새는 신과 나의 중간 영역, 즉 천상과 지상, 영원과 순간의 중간에 놓여 있는 존재이다. 그것은 날개로는 신의 영역을 지향하고 가느다란 다리로는 인간이 사는 지상을 디디고 있다. 이 파랑새가 신의 영역을 지향할 수 있는 것은 감사와 기적의 의미를 새기고 감사하는 노래를 부르는 신실함을 가졌기 때문이다. 새나 인간이나 모두 생명의 유한성에 얽매여 오늘 하루를 살아가는 것은 마찬가지이지만, 신을 향한 마음에는 그 '오늘 하루'가 너무나 소중하고 가치 있는 시간이다. '나'는 오늘이 있음으로 해서 내일을 생각할 수 있고, 현실에 살아 있음으로 해서 영원을 생각할 수 있는 것이다. 현실의 척박한 삶은 영원과 내일을 준비하라는 신의 뜻이다. 신을 향하고 있는 마음을 가진 자에게는 어떠한 고난과 시련도 영원의 세계를 약속하는 신이 내린 은총이다. 그러므로 '나'는 오래오래 살면서 오늘의 삶과 현실에 감사하고, 그분의 약속을 믿으며 신실하게 나의 삶을 살아갈 것이다. 물론 이것은 시인의 마음이 신에게로 열려 있기 때문이며, 그의 귀가 속세를 벗어난 영원의 소리를 듣고 있기 때문이다.
　박이도의 시에서 인간의 유한성이 비극적인 인식과 연결되지 않을 수 있는 것은 이같은 종교적인 믿음 때문이다. 모든 것은 신의 뜻이며 그에 따라 '나'는 여기까지 살아왔다. 그는 새에게서 유한한 인간의 연약함을 보지만, 한편으로 신을 향한 신실한 날갯짓을 읽는다. 그런 그의 눈에 흑비둘기는 속세를 떠나 고결한 성품을 간직한 선지자들의 자태를 닮았고(「흑비둘기」), 한적한 아침에 울려퍼지는 까치 소리에서는 영혼을 붙들어매는 정갈함을 느낀다(「까치 소리」).

이처럼 '새'는 자신의 존재 양태를 그대로 간직한 채 시인의 반성과 감사 속에 자리한다. 그럼으로 해서 그의 시는 기교를 부리지 않고 새로움을 꾸미지 않으면서도 담담하면서 깊은 여운을 남긴다. 그것은 종교적인 믿음이 줄 수 있는 안정감과 신실함에 바탕을 두고 있는데, 한국시가 개척할 수 있는 중요한 한 방향을 보여주는 것이기도 하다.

문학동네 시집 39
을숙도에 가면 보금자리가 있을까

ⓒ 박이도 2000

초판인쇄 | 2000년 3월 20일
초판발행 | 2000년 3월 30일

지 은 이 | 박이도
책임편집 | 김선혜 이진영
펴 낸 이 | 강병선
펴 낸 곳 | (주)문학동네
출판등록 | 1993년 10월 22일 제22-188호

주　　소 | 136-034 서울시 성북구 동소문동 4가 260번지 동소문빌딩 6층
전자우편 | editor@munhak.com
　　　　 | 하이텔 : podo1
　　　　 | 천리안 : greenpen
전화번호 | 927-6790~5, 927-6751~2
팩　　스 | 927-6753

ISBN　89-8281-270-9　02810
**www.munhak.com**